Umbu

Ortografia atualizada

*Copyright © 2011, Editora WMF Martins Fontes Ltda.,
São Paulo, para a presente edição.*

1ª edição *2011*

Coordenação editorial
Fabiana Werneck Barcinski

Acompanhamento editorial
Helena Guimarães Bittencourt

Equipe Pindorama
Alice Lutz
Susana Campos

Agradecimento especial
Luciane Melo

Preparação
Luzia Aparecida dos Santos

Revisões gráficas
Sandra Cortes
Leticia Castelo Branco

Projeto gráfico
Márcio Koprowski

Produção gráfica
Geraldo Alves

Impressão e acabamento
Orgrafic Gráfica e Editora

**Dados Internacionais de Catalogação na Publicação (CIP)
(Câmara Brasileira do Livro, SP, Brasil)**

Barcinski, Fabiana Werneck
Umbu / texto adaptado por Fabiana Werneck Barcinski ; ilustrações de Guazzelli. – São Paulo : Editora WMF Martins Fontes, 2011. – (Um pé de quê?)

"Coleção inspirada no programa de TV de Regina Casé e Estevão Ciavatta"
ISBN 978-85-7827-422-1

1. Literatura infantojuvenil I. Casé, Regina. II. Ciavatta, Estevão. III. Guazzelli. IV. Título. V. Série.

11-06998   CDD-028.5

Índices para catálogo sistemático:
1. Literatura infantojuvenil 028.5
2. Literatura juvenil 028.5

Todos os direitos desta edição reservados à
Editora WMF Martins Fontes Ltda.
*Rua Prof. Laerte Ramos de Carvalho, 133   01325-030   São Paulo SP Brasil
Tel. (11) 3293.8150   Fax (11) 3101.1042
e-mail: info@wmfmartinsfontes.com.br   http://www.wmfmartinsfontes.com.br*

Coleção Inspirada no Programa de TV de
Regina Casé e Estevão Ciavatta

Umbu

Ilustrações de Guazzelli

Texto adaptado por
Fabiana Werneck Barcinski

Realizadores

SÃO PAULO 2011

Apresentação

O umbu é uma árvore muito diferente. Para começar, nem é uma árvore. É uma erva gigante!

Ela é tão grande que nela cabem muitas histórias, tantas que acabou entrando para a história do Rio Grande do Sul.

Foi bem difícil escolher o que contar para vocês sobre o umbu neste livro, porque todo gaúcho tem uma lenda ou um causo que o avô ou a avó lhe contou quando ele era menino.

E, como tenho muitos queridos amigos gaúchos, e eles me contam muitas e muitas histórias, daria para eu fazer quase uma coleção só com o que já ouvi sobre o próprio umbu.

Se você não é do Sul ou nunca se escondeu dentro de um umbu, quando tiver a oportunidade de visitar a região, peça a alguém de lá para levá-lo a uma dessas verdadeiras cavernas que ele constrói. Assim você vai conhecer essa "árvore" tão linda e, talvez, ganhar um novo amigo para ficar conversando dentro de seu "oco", que tem uma acústica muito acolhedora.

Regina Casé

"Umbu", "ombu" ou "ambu" são alguns dos nomes dados à árvore *Phytolacca dioica*. São palavras derivadas do guarani *ombu*, que significa "sombra" ou "vulto". Por ser uma árvore muito frondosa, produz bastante sombra ao seu redor, por isso também é conhecida por "bela-sombra".

A característica mais marcante do umbu é a sua base intrincada e disforme. As raízes, que ficam para fora do solo, formam uma espécie de pedestal. E, ao longo do seu crescimento, elas vão enlaçando tudo o que está à sua volta, como pedras e muros.

O umbu não apresenta um padrão único. Cada um tem um formato diferente. É uma árvore que nasce solitária, e não há um umbu parecido com outro.

O umbu é uma espécie bem rústica e pouco exigente, de crescimento muito rápido. Na verdade, é uma erva gigante, pois não tem tecido lenhoso: sua madeira é esponjosa.

Essa planta herbácea de grandes dimensões é encontrada nos pampas da América do Sul, mas não se sabe ao certo a sua área natural, onde surgiu pela primeira vez.

Há tempos ela se tornou o símbolo da cultura gaúcha.

Umbu

Phytolacca dioica L.

Altura	de 15 a 25 metros
 **Tronco**	cilíndrico, muito largo na base, de 80 a 160 cm de diâmetro. Casca áspera, fissurada, castanho-amarelada
 **Folhas**	simples, elípticas, com a base cuneiforme ou arredondada, verde-escuras com brilho ceroso, podem atingir de 20 a 30 cm de comprimento
 **Flores**	flores masculinas de uns 4 mm de largura, esbranquiçadas. Flores femininas de uns 4 mm de largura, brancas. Floração no final da primavera
 **Frutos**	numerosas bagas amareladas, com sulcos entre as sementes, tornando-se vermelho-escuras na maturação. Frutificam no verão e no outono

No Rio Grande do Sul, o que não falta para essa árvore é nome popular: cebolão, ceboleiro, árvore-queijo, maria-mole...

Todos esses apelidos parecem meio pejorativos, mas dizem respeito à sua principal característica: uma madeira esponjosa, que parece frágil, que não serve para nada. Mas é o contrário. Essa foi a árvore mais útil na história desse estado. É justamente essa madeira esponjosa que faz o tronco do umbu "ocar" por dentro. Todo animal silvestre da região sabe, e todo gaúcho também, que em qualquer emergência é só correr para dentro de um umbu.

O Rio Grande do Sul é um estado que nasceu no campo, nas invernadas, com tropeiros levando gado de um lado para o outro. Portanto, nada é mais útil para um tropeiro do que um umbu no meio do caminho, para protegê-lo do sol forte e da chuva.

Podemos dizer que esse estado nasceu em torno do umbu. Muito gaúcho parou embaixo de sua sombra para descansar, para se proteger e, principalmente, para contar histórias.

No tempo das Missões Jesuíticas, no século XVI, quando índios e brancos começaram a "inventar" o Rio Grande do Sul, a história que corria sobre o umbu tinha um tom bíblico.

"No princípio as árvores eram todas iguais. Mas um dia Deus estava muito contente, porque os diabos e os homens maus tinham sido derrotados, e resolveu comemorar isso satisfazendo as vontades das árvores.

Perguntou para a coronilha o que é que ela queria, ela respondeu que queria ser tão dura a ponto de resistir aos golpes de machado. Perguntou para o molho, ele disse que queria saber assoviar. Perguntou para a figueira do campo, ela disse que queria ser muito forte, muito alta, muito bonita.

E assim Deus foi satisfazendo o pedido de todas as árvores.

Quando chegou a vez do umbu, este disse que queria ter o corpo muito fraco, como madeira à-toa, mas, se fosse possível, queria ser grande, para dar bastante sombra aos homens.

Deus satisfez a vontade dele, igualmente, mas antes perguntou por que queria ter a madeira fraca e mole, enquanto todas as árvores

queriam ser fortes e duras como a coronilha. Então o umbu explicou que não queria que a sua madeira pudesse servir, algum dia, para cruz e sacrifício de um santo. E desde aí o umbu é assim."

Barbosa Lessa, *Os guaxos*. São Paulo, Livraria Francisco Alves, 1959, pp. 97-8.

Mas não é apenas o tronco e a sombra do umbu que são temas de histórias.

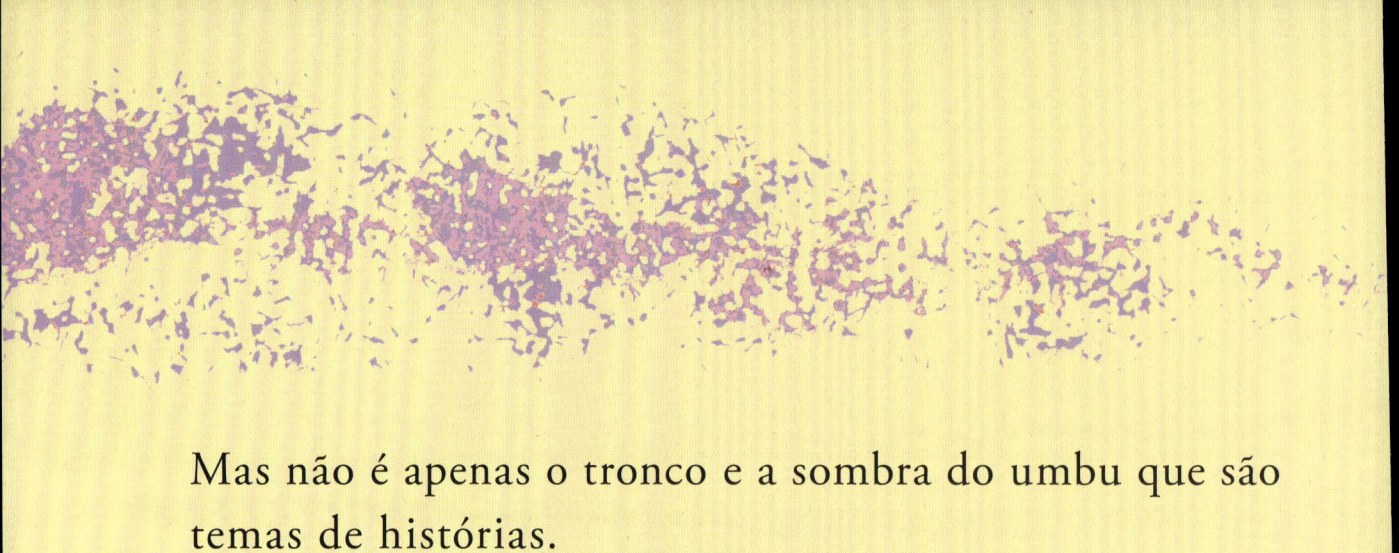

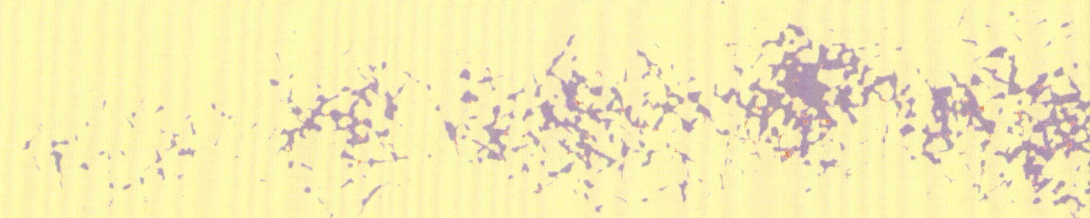

O seu fruto, que dá em cachos nas árvores, é banquete para os pássaros e o gado. Mas para o homem não é assim. Dizem que o fruto e principalmente a folha do umbu têm um alto poder laxativo, ou, como se costuma dizer, "fazem o homem correr".

Então, o que faz o homem correr atrai o gado. E o que vem sempre atrás do gado? O homem, tocando a boiada.

Foi assim que se começou a contar a história desse estado: o homem atrás da boiada e a boiada em busca de um grande umbu para mastigar seus frutos e folhas e descansar à sua sombra.

O gado e o tropeiro surgiram no Rio Grande do Sul em 1634, na figura do padre Cristóvão de Mendonça. Jesuíta espanhol, ele tropeou mais de mil e quinhentos animais desde a Argentina. O objetivo dessa primeira tropeada foi alimentar os índios das Missões.

Ele trouxe muito boi, vaca, ovelha, e também aproveitou para trazer o cavalo e a mula. O Rio Grande do Sul era geograficamente perfeito para a criação desses animais.

E o gado foi se criando com muita naturalidade em seus extensos campos.

Barbosa Lessa, escritor tradicionalista gaúcho, costumava chamar o Rio Grande do Sul de "imenso curral formado pela natureza".

Em seu livro *Histórias e lendas do Rio Grande do Sul*, ele mostra a importância que a literatura oral tem para esse estado, como parte fundamental na formação de sua cultura e identidade. Ao mesmo tempo que é vasta, ela é *"complexa – quanto à disparidade de épocas e de lugares –, colocando num mesmo todo histórias da Bíblia e histórias dos índios"* (p. 10).

Segundo Lessa, *"pra ensinar os índios, os padres contavam causos. Dum jeito que fosse fácil de entender e que fizesse a gente se lembrar depois. Por isso entreveraram o Menino Jesus com as perdizes, o linguado, o tatu-mulita, o gambá e o quero-quero. Mas um dia um padre contou que Jesus Cristo é que inventara o chimarrão; mas poucos acreditaram, porque chimarrão – esse não! – foi presente de Tupã"* (p. 11).

Os índios se adaptaram aos rodeios, às charqueadas e se tornaram ótimos cavaleiros.

Já os jesuítas aprenderam com os índios as peculiaridades da flora local.

Aprenderam, por exemplo, a apreciar a sombra do umbu.

Padre Cristóvão de Mendonça se tornou um herói na região. O povo das Missões o considerava um ídolo, e assim foi até na sua morte. Seu cortejo fúnebre virou história. Nunca se ouviu de uma multidão um canto tão triste.

Nas diversas hipóteses que encontramos para a etimologia de "gaúcho", destaca-se a da origem árabe: *gaûch*, formada por *gau*, que é "boi", "vaca", e o sufixo diminutivo *chi*. E ainda do árabe *chauch*, que significa "tropeiro". Outra hipótese seria a da mistura do termo *guahú*, da língua guarani, que significa "canto triste", e *che*, que significa "gente".

Para alguns historiadores, essa é a origem do termo *gaúcho*.

Quando o padre
Cristóvão de Mendonça
morreu e os jesuítas
espanhóis foram expulsos
do Rio Grande do Sul,
a terra e o gado ficaram
totalmente abandonados,
sem dono.

E o Rio Grande do Sul foi tomado por bandeirantes, campeiros e tropeiros que vinham de outras regiões para caçar o gado que tinha ficado solto pelos campos.

Por isso, outros historiadores sustentam que a palavra "gaúcho" poderia ter se originado do termo francês do século XVIII, *gauche*, que significa "grosseiro", "bruto", "selvagem".

Hoje, "gaúcho" tem como melhor sinônimo o homem que está intimamente relacionado às coisas da terra e ao gado.

Com a presença do tropeiro, o tráfico de animais começou a crescer e virou o sustento econômico do Rio Grande do Sul.

Homem do Rio Grande, Gaúcho, 1825 | Jean-Baptiste Debret
Aquarela MEA 0191 | Museus Castro Maya – IBRAM/MinC
Foto Horst Merkel

A sombra do umbu virou ponto de referência. O gado parava naturalmente embaixo dele para descansar, e os tropeiros se acomodavam junto. Acendiam o fogo, comiam um churrasco, bebiam o chimarrão e começavam a prosear.
Papo de tropeiro, papo de umbu...

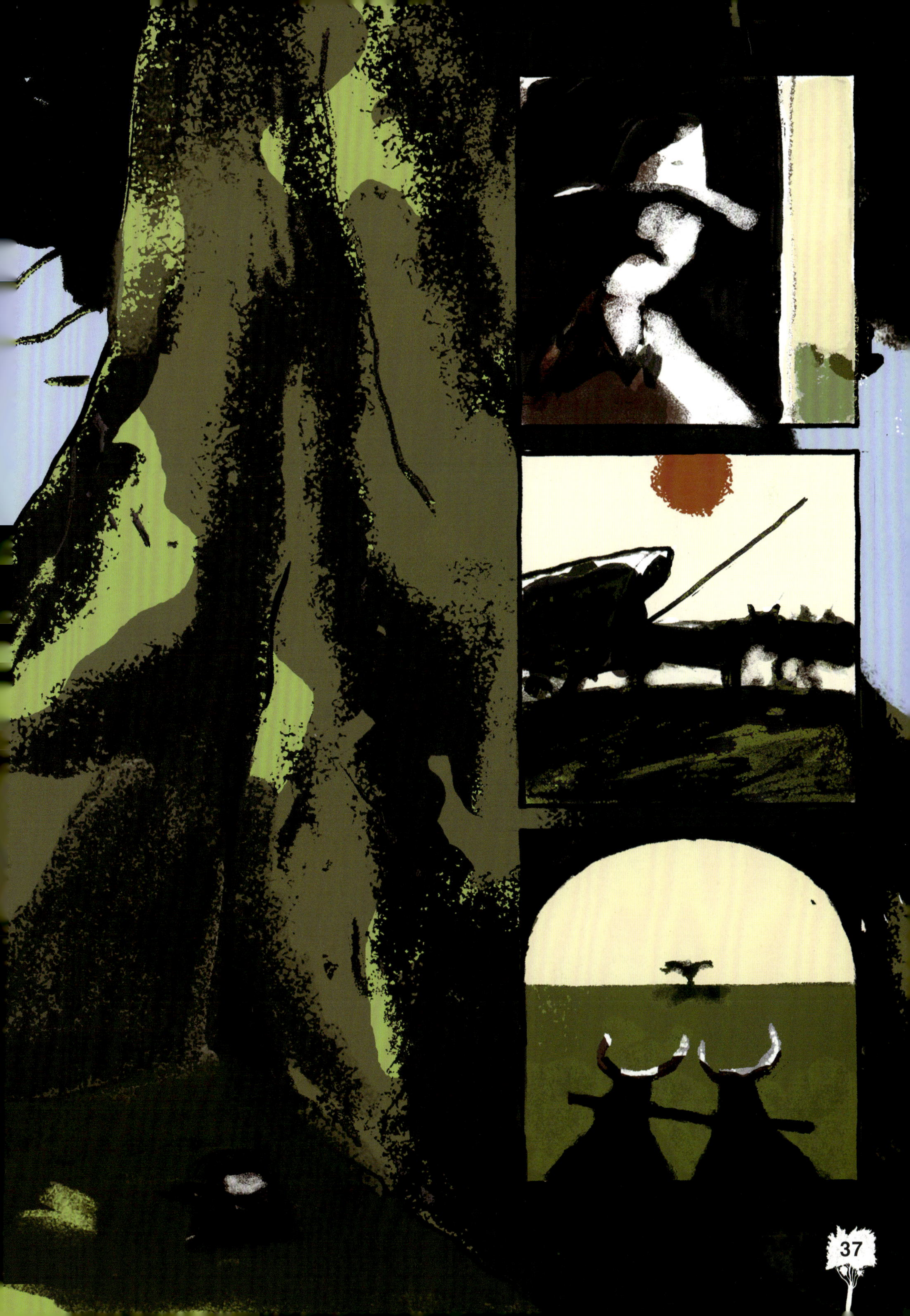

Contar causos à sombra do umbu virou uma tradição gaúcha.

A história do Rio Grande do Sul está cheia de conflitos:

Guerra das Missões,
Revolução Farroupilha,
Guerra do Paraguai,
Revolução Federalista de 1893,
Revolução de 1923,
Insurreição de 1930.

Mas tem gaúcho que prefere se esconder dentro dele.

Numa terra de tantos conflitos, era dentro do umbu que as famílias se escondiam.

E se esconder no oco do umbu acabou virando uma tradição.

O umbu não serve só para proteger a família, é também um ótimo lugar para esconder tesouros.

Em meio a tantos conflitos e guerras, muita gente escondia ouro no oco do umbu.

Muitos gaúchos morreram sem conseguir resgatar o que tinham escondido.

Existe até hoje no Rio Grande do Sul
a lenda da Mãe do Ouro. Diz essa
lenda que uma bola de luz
ilumina a árvore inteira, que ela
vem caminhando pelos campos
e para no umbu que tiver um
tesouro escondido.

A Mãe do Ouro aparece, sobe pelo tronco,
vai até a copa, ilumina todas as folhas
e desce até a raiz. Na raiz, a luz vai diminuindo,
diminuindo, até sumir. Quando some, é para
avisar que ali tem um tesouro escondido.

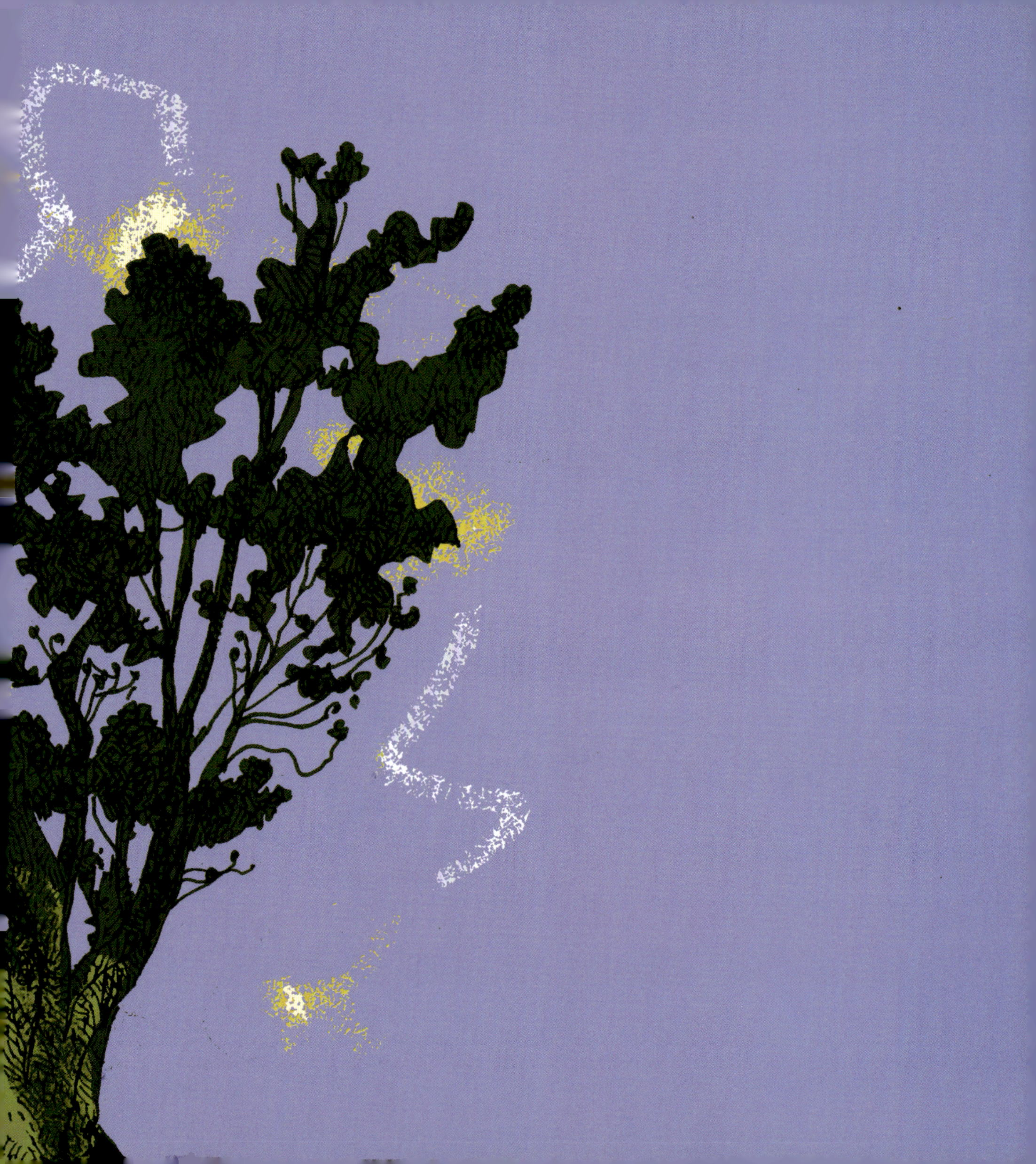

Ocorrência natural

Uma árvore pode mover a economia de um lugar. Com seus frutos ou sua madeira, ela pode gerar recursos e alimentar o povo de uma região.

O umbu não faz nada disso... Mas ele alimenta a cultura do povo: oferecendo sombra e assunto, ele não deixa que as histórias morram. O melhor fruto do umbu é mesmo a tradição oral.

Foto Ronai Rocha

Foto arquivo Pindorama

Sempre aprendo muito com as pesquisas que fazemos para os nossos programas. Mas essa viagem ao Sul foi especial.

Eu nunca entendi muito bem a história do Sul e suas origens nas "Missões", meio portuguesas, meio espanholas, meio indígenas, meio jesuíticas. E tudo isso misturado com bandeirantes paulistas! Foi o umbu que me ajudou a entender e a gostar ainda mais dessa região. Aprendi com essa árvore os primeiros passos da história do sul do Brasil.

Enquanto na história do sertão há o famoso e frondoso umbuzeiro, árvore típica dessa região, que proporcionou muitas vezes sombra para Lampião descansar, no Sul há outra espécie de umbu, que é tão rico quanto seu homônimo e dentro do qual muito da história gaúcha, marcada por inúmeros conflitos, ocorreu. Quantos não se protegeram e se esconderam dentro do tronco de um umbu?! Nunca me esquecerei da entrevista com o sr. João Pedro, um tropeiro todo paramentado como um autêntico gaúcho, dentro de um umbu, afirmando a existência da Mãe do Ouro, uma luz que para no alto dessa árvore para avisar que ali tem um tesouro escondido. Aqueles dois – o homem e o umbu – eram a história viva do Rio Grande do Sul.

Na paisagem de São Miguel das Missões você pode ver lindos umbus. Se você ainda não conhece esse lugar histórico, recomendo!

Estevão Ciavatta

REGINA CASÉ é premiada atriz e apresentadora com uma vitoriosa carreira, iniciada em 1974 com o *Asdrúbal Trouxe o Trombone*, grupo de teatro que revolucionou não só a encenação brasileira, mas também o texto e a relação dos atores com a maneira de representar. Ela, no entanto, há muito tempo extrapolou em importância o ofício de atriz, para transitar no cenário cultural brasileiro como uma instigante cronista de seu tempo. Ainda no teatro, Regina se destacou nos anos 1990 com a peça *Nardja Zulpério*, que ficou 5 anos em cartaz. Teve ampla atuação no cinema, recebendo diversos prêmios nacionais e internacionais com o filme de Andrucha Waddington, *Eu, Tu, Eles*. Na televisão, Regina marcou a história em telenovelas com sua personagem Tina Pepper em *Cambalacho*, de Silvio de Abreu. Criou e apresentou diversos programas, como *TV Pirata, Programa Legal, Na Geral, Brasil Legal, Um Pé de Quê?, Minha Periferia, Central da Periferia*, entre outros. Versátil e comunicativa, é uma mestra do improviso, além de dominar naturalmente a arte de fazer rir.

ESTEVÃO CIAVATTA é diretor, roteirista, editor, fotógrafo de cinema e TV. É sócio-fundador da produtora Pindorama. Formado em 1993 no Curso de Cinema da Universidade Federal Fluminense/RJ, tem em seu currículo a direção de algumas centenas de programas para a televisão, como os premiados *Brasil Legal, Central da Periferia* e *Um Pé de Quê?*, além dos filmes *Nelson Sargento no Morro da Mangueira* – curta-metragem sobre o sambista Nelson Sargento –, *Polícia Mineira* – média-metragem em parceria com o Grupo Cultural AfroReggae e o Cesec – e *Programa Casé: o que a gente não inventa não existe* – documentário longa-metragem sobre a história do rádio e da televisão no Brasil.

ELOAR GUAZZELLI FILHO é ilustrador, quadrinista, diretor de arte para animação e *wap designer*. Além dos prêmios que ganhou como diretor de arte em diversos festivais de cinema, como os de Havana, Gramado e Brasília, foi premiado como ilustrador nos Salões de Humor de Porto Alegre, Piracicaba, Teresina, Santos e nas Bienais de Quadrinhos do Rio de Janeiro e de Belo Horizonte. Em 2006 ganhou o 3º Concurso Folha de Ilustração e Humor, do jornal *Folha de S.Paulo*. É mestre em Comunicação pela ECA (USP) e ilustrou diversos livros no Brasil e no exterior.

FABIANA WERNECK BARCINSKI é mestre em História Social da Cultura pela PUC-RJ, autora de ensaios e biografias de artistas visuais como Palatnik, José Resende e Ivan Serpa. Editora de diversos livros de arte, entre eles *Relâmpagos*, de Ferreira Gullar, e *Fotografias de um filme – Lavoura arcaica*, de Walter Carvalho. Em 2006, fundou o selo infantojuvenil Girafinha, do qual foi a editora responsável até dezembro de 2009, com 82 títulos lançados, alguns premiados pela FNLIJ e muitos selecionados por instituições públicas e privadas. Escreve roteiros para documentários de arte e é corroteirista dos longas-metragens *Não por acaso* (2007) e *Entre vales e montanhas* (pós-produção).